즐거운 장례

박소원

곰곰나루시인선 013

즐거운 장례

박소원 시집

곰곰나루

시인의 말

시집 원고를 정리하는 동안 용영 오빠와 '작은어머니'
의 죽음이 있었다. 첫 시집과 두 번째 시집에서 다 털어
내지 못한 가족사는 이번 시집에도 상당하다.

"슬프고 잔혹했던 동시에 거친 아름다움을 지닌"(C.
G.융) 핏줄의 고통이 자석처럼 끌어당기거나 서로를 밀
쳐냈던 시간들, 적막 속에 한 주먹씩 풀어놓는다. 잘 가.

앞으로 나의 문학이 가능한 개인사를 벗어나서 소외
받는 개인이 어떻게 현실을 견뎌내는지에 집중할 수 있
기를 바란다.

2021년 12월
박소원

즐거운 장례

차례

제1부

피의 가계 1973

잦은 살생의 죄는 내게 물으시고 밀양 박씨 종부인
내 며느리 상한 데 없이 죽음에서 벗어나게 하소서 원
컨대 내 며느리 몸에 든 죽음을 작년에 죽은 박쥐에게
백년 전에 죽은 들쥐에게 나눠 주소서

해 떨어지는 소리들 대나무 밭 가득 차오르면 할아
버지는 깃발처럼 손을 번쩍 들어 올린다 단칼에 분리
된 오리 몸통과 목 사이에서 분수처럼 솟는 따뜻한 피,
내가 들고 있는 막사발을 채운다 병이 깊은 엄마가 창
백한 얼굴로 온몸을 부들부들 떨면서 막사발을 받아
든다

동서남북 한 차례씩 절을 올린 할머니는 피 묻은 오
리털로 며느리의 머리와 가슴과 얼굴과 등과 두 팔 마
른 다리와 발등을 꼼꼼히 쓸어내린다 오리 몸통이 가
마솥 안에서 끓는 동안 아궁이마다 장작 타는 소리들
요란하고 안방 구들장 데워지는 기운들 뒤란까지 훈훈
하게 돌아간다

편지
– 아버지1

　당뇨병 후유증으로 결국 엄지발가락을 절단했단다 둘째야 몸 건강히 잘 지내느냐 내일 모레는 동지구나 일 년 중 가장 긴 밤이 오고 있다 나는 요즈음 지팡이를 짚고 줄곧 걸음마 연습을 한단다 안방에서 마루로 마루에서 작은방으로 주로 실내에서 내성적으로 놀고 있단다 어제는 가까스로 눈 쌓인 마당으로 나갔단다 내 발자국 소리들 뽀드득뽀드득 겨울이 너무 길다 거실에서 마당까지 겨울이 두 번 왔지만 애비의 소일은 고작해야 마당 한 바퀴 도는 것, 그뿐이다 내 소원은 내가 들은 내 발자국 소리들 하나 둘 세며 숙면을 취하는 것, 그것뿐이다. 눈이 오면 용영이가 절뚝절뚝 집을 나간단다 때때로 남평 드들강 근처 남의 동네 빈집에서 찾아오기도 하고 종중산 깊은 골짜기에서도 찾아오는데 그때마다 남의 손을 빌려야 한단다 특히 능주 도곡 경찰과 택시기사들의 신세를 많이 진단다 무심한 하늘…… 눈 위에 덧쌓인 바람들 그것들보다 한 걸음 앞서서 걷는 것, 가출한 아들보다 한 걸음 더 빨리 걷는 것 애비의 꿈이 너무 커서 도통 잠들지 못하는 날

이 많단다 솔솔솔 눈 오는 밤 후회뿐인 시간들 병신자식 몸속에서 용을 쓰는 것만 같아 미안한 마음이 든다 사는 거 별거 아닌데 말이다 둘째야 얼굴 본 지 참 오래되었구나 아가 애비 너무 원망 말아라 한 발자국 발을 뗄 때마다 괜히 눈물이 핑 돌고 마음이 사무친다 부디 너는 네 길을 가거라 가끔은 애비생각도 해주면 고맙겠다 문득 일어나 안부 몇 자 적어 보낸다

어떤 평화주의

남도창도 잘하고 학춤도 잘 추는
아버지는 사시사철 감수성이 풍부한 사내다
날씨에도 매우 민감한 사람이다

아버지는 중복 더위에
어머니의 턱을 어그러뜨려 놓고
보양식을 사먹으러 읍내로 나갔다

어머니는
얼굴을 가리고 손을 내젓고
나는 집을 뛰쳐나갔다

마을길을 피해 공동묘지 무덤들 사이에
웅크린 채, 별이 뜨는 것을 보았다
엄마가 부르러 오기를 기다리던 나날

겁 없이 잠들어 버리던 나날
무덤에 기대어 잠이 든 나는,
더 이상의 비극을 예상하지 않았다

11월

누군가를 기다리는 마음은
캄캄한 터널을 지나며 손등에 점이 된다
어머니 귓바퀴에는 두 개의 점이
굽은 등에는 일곱 개의 점이 박혀 있다
일 년에 딱 한 번 아버지가 다녀가는 계절
아버지는 운명에 쫓기듯 겨울을 끌고 다녔다
두부를 숭숭 썰어 넣은 김치찌개는
몇 번씩 데워지고 어머니의 손은
홍어무침을 버무리며 수줍게 붉어진다
가족들은 사랑에 서툰 표정을 짓고
밥을 먹고 하나가 되길 원하던
단란한 마음은 징벌처럼 툭툭 갈라진다
먼 곳에서 오는 손님처럼 당신이 다녀간 뒤
흰 손등에 검은 점 하나 반짝거린다

오지 않는 편지

오빠는 나무꾼처럼 자주 산으로 들어간다
집성촌이 사라지는 지점에서
산 속 길들 이내 사라지곤 한다

안 보이는 길들 절뚝절뚝 걸어갔다
절뚝절뚝 엉뚱한 길로 돌아온 오빠
한두 달씩 끙끙 병든 짐승처럼 앓아눕곤 한다

어머니 공부 안 해도 좋아요
우리 일자무식으로 함께 살아요
서울에 계신 어머니께 또 편지를 보냈다

철없는 딸의 변심에
단단히 마음이 상하셨을까
서른 밤이 지나도록 어머니는 답장을 안 보내신다

토요일 오후마다 운주사에 가면
일주문 앞까지 나를 마중 나와 계신 노스님

두 손을 들고 깃발처럼 흔들고 섰다

더 늦기 전에 내가 머리를 깎아 주마
내 손을 야윈 두 손으로 이끈다
열여섯 나는 바람에 흔들리는 수국처럼 몸 흔든다

말복
– 아버지2

"애비 죽으면 장례식에 올 거니? 보름달이 뜬 밤 고요히 죽고 싶구나" 아버지는 항상 나의 그리움, 남도에서 태어나 남도에서 죽을 줄 뻔히 알면서도 젊은 날처럼 서울말을 쓰는 아버지 열 오른 내 손목을 잡아당기며 장독대를 돌고 돈다 장항아리 뚜껑을 열고 잘 발효된 고추장들 묵은 된장들 간장들 손가락으로 푹푹 찍어 맛보여 주고는 화단에 만개한 꽃처럼 얼굴을 붉히는 아버지

새로 지은 집 내관과 외관 집밖에 잘 닦여진 주차장까지 부록처럼 모두 펼쳐 놓고는 "둘째야 애비 장례식에는 꼭 와라" 아버지 집은 벽마다 문이 넓었다 나는 슬그머니 손을 빼고 한 걸음 벽 쪽으로 물러섰다 그와 나의 간격이 좀 더 헐거워졌을 때 높은 담장 안으로 말복 태양이 침몰하였다 아버지는 아이처럼 쉽게 졸라대며 뜨거운 손을 쓰윽 내밀고 섰다

불

누가 불을 붙였는가 생일날 한밤중에 불길이 일었다
안채에서 사랑채로 뒤란 대나무밭으로 번져가던 불
두툼한 족보들 모두 태웠다
기둥과 천장과 벽과 가족들 명패 달린 감나무들
자욱한 아카시아 향기들 한입에 넣고 번져가던 늦봄
족보에 기재되지 못한 이름들이 무작위로 호명되었
다

외양간의 어미 소와 송아지들 돼지우리 속 새끼돼지
들
오리우리 속 새끼오리들 아비귀환의 울부짖음들
불집을 건드리며 마당에 수북이 쏟아지고
공포를 바람을 건조기를 마당과 방 사이를 대문과
벽 사이를
화단과 마당 사이를 비명과 울음 사이를 서성이고
있다
타오르는 불길이 시계를 거꾸로 돌리기 시작했다

어머니의 손때 묻은 세간살이와 옷가지를 태우고
붓걸이에 걸린 대필과 소필들 무거운 벼루와 연적을
액자 속 동양화를 삼키고 문 굳게 닫힌
할아버지의 서고 쪽으로 방향을 틀었다
비명소리는 바람을 끌어당기고 불은 책과 책 사이에
서
절정의 춤을 추고 먼 곳에서 온 편지들도 모두 재가
되고

(불춤을 추며 타오르는 불길은 제 길만을 고집하는
것이다)

한길 인생을 자랑하던 할아버지와 자주 가출하던
아버지의 뜻이 고스란히 후손에게 전해졌다
그 길로 집을 뛰쳐나간 식구들은 불의 기운을 몸에
새기고
각자의 길에서 힘껏 타오른다 배신은 없고 다만
나는 나의 길을 너는 너의 길을 성실히 가고 있을 뿐

이다

    폐허가 된 집터에는 난무하는 추측과 억측을 일갈하
는

    남은 화기로 사람의 발길이 뚝 끊겼다

    (나는 지금껏 그렇게 아름다운 불꽃을 본 적이 없다)

동창생

오빠와 할머니는 나의 초등학교 동창이지

우리는 육년 내내 같은 반 맨 앞자리 짝꿍이지

피로 얽힌 좀 끈끈한 동급생이지

장애2급 오빠와 쪽진 머리에 하늘색 한복을 즐겨 입
는 할머니는

영희야 철수야 놀자 받아쓰기 시험마다 백점을 고수
하지

덧셈 뺄셈 나눗셈 곱셈 특히 구구단 외우기 테스트
에도

가볍게 만점을 받았지 국어 산수 올백을 찍는 만점
의 비밀은

한집에 사는 나만이 알지 휴일도 없이 할아버지의
과외 수업은

지속적으로 반복되곤 하지 예습 복습은 물론 연습시
험을

몇 번씩 치르지 그들의 성적은 반복학습이 비법이지

오빠와 함께 할머니도 무사히 상급학년이 되었지

나의 피붙이들은 시험을 볼 때마다 내 답안지를 끌어당겨

　　태연하게 커닝을 하지 하지만 매번 정답을 보고도

　　제대로 옮겨 쓰지를 못하지 초등학교 고학년 난이도 앞에서

　　그만 쩔쩔매곤 하지 학년이 높아갈수록 나쁜 이력이

　　껌처럼 눌어붙었지 그들의 답안지는 빈칸이 늘어갔지

　　초등학교 동창회에 가면 으레 이 세상에 없는

　　당신들의 옛이야기가 되살아나지 동창회가 끝나고 돌아오는 길에

　　나는 죽어도 죽지 않는 이름들을 소리죽여 불러보지

　　반갑다 친구야 박용영 손병례…… 나에겐 좀체 잊혀지지 않는 동창이 둘 있지

즐거운 장례

요양원살이를 하던 오빠가
마침내 죽었다

강원도 주문진에 사는 맏누이와
경기도 동탄 수원 발안, 전라도 광주에 사는
남동생 넷과 여동생 넷
심지어 시애틀에 사는 동생까지
한밤중에 장례비 각출을 했다

다섯은 본명으로 다른 다섯은
이미 개명한 낯선 이름으로
'작은어머니' 통장에 숫자로 찍혔다
살아서 애물단지의 죽음이
뿔뿔이 흩어져 살던 핏줄들을
자석처럼 끌어당기고 있다

장례비는 오빠의 응급실 병원비부터
그리고 화장터 사용료와

꽃값 설렁탕 값 운구차 운임
운전기사 팁 식대까지
지불하고 지폐 몇 장 남았다

아버지의 손

그 날 이후, 아버지 손을 유심히 보는 버릇이 생겼다
어릴 적 종아리 한 번 때리지 않던, 아침마다 머리를
빗겨주던 섬세하고 다정했던 두툼한 손을

하지만 이제는 머슴들 대신 정미소에서 쓰는 됫박으
로 직접 곡식을 저울질하는 날카로운 손을, 고봉으로
올라온 쌀과 보리들 쓱쓱 밀어내는 비정한 손을, 됫박
의 숫자들 외상장부 끝장에 또박또박 적는 냉혹한 손
을

아버지 집에서 본 아버지 손에는 눈에 보이지 않는
징 하나 들어 있다 언제 어디서나 두 주먹을 불끈 쥐면
코앞에서 터지는 징소리에 귀가 멀 것만 같다 자주 심
장을 뚫는 소리

손금 속 혈관을 뚫고 구름 너머 달까지 지문을 뚫는
소리의 회전율은 과거 속에서 현재의 내 손으로 건너
오며 속도를 높인다

>

두 손으로 얼굴을 가릴 때면 어김없이 날카로운 소리들 얇은 피부 속에서 징글징글 터지곤 한다 나에게서 터져 나와 멀리 퍼지는 징소리 곧 나에게로 돌아오곤 한다

길

서울 사는 작은아버지 두 분이
작심을 하고 고향엘 내려왔다
아버지 집 안방 문을 걸어 잠그고
아버지를 결박하고
삼일 낮밤 형제간에 담판을 지었다

불안이 온 집안을 넘실거리고
뒷산이 크게 울음 울 때
딴살림 차린 아버지보다
다정한 삼촌들보다
힘없는 어머니보다
몸 아픈 용영 오빠보다
자주 기절을 하는 내가 무서웠다

사생결단 끝에 전답 중 몇 마지기를 떼어
큰형수인 내 어머니께
따로 몫 지어주고
그렇게 살길을 마련해 주고

정 깊은 혈육들은
할머니와 집안 대소사를
내 어머니에게 부탁하고
다시는 고향 땅에 발 딛지 않겠노라
울면서 고향 집을 떠났다

아버지는
마을 초입 녹색 대문을 걸어두고
아들을 얻고 또 아들을 얻고
이복동생이 자꾸 늘어났지만
그 계절 아버지는 얼마나 상했을까

집에서 키우던 짐승들이
떼죽음을 당하고
흉년이 온 마을을 뒤덮던 계절
아버지는 종갓집 손님 많은 집에
큰 쌀독을 텅텅 비워두곤 했다

흉흉하게 맹추위가 지속되는 계절
그래도 폭설이 내리면
동생들은 좋아라 눈사람 눈 코 입을
서로 붙이겠다고 아우성이었다

여름마다 어린 아이들이 빠져 죽은
물 많은 냇가처럼
꽁꽁 얼어붙은 겨울 골목에
보이지 않는 수심이 깊어갔다
길마다 설명할 수 없는 죽음들이 서성거렸다

울지 마라 울 일이 아니다
농사의 농자도 모르면서
어머니는 종자 씨 살 돈을 구하러
이집 저집 대문을 두드리고 다닌다

내 눈에 오직 당신만 보일 때마다
나는 말의 마디마디를 부러뜨리는

분노가 들끓었다
하지만 곧 부러진 말들
제 자리로 돌려놓는 은폐의 순종을 익혀갔다

1년 2년 3년 4년 5년
6년…… 쉽게 변하지 않는 습관은
혼자 감당하기에
두려운 무게가 되었다

가난에 쉽게 익숙해지는 어머니는
희고 부드러운 살결 검은 머릿결의 윤기들
죄다 잃어버리는 어머니는
눈물 대신 하혈이 멈추지 않는 어머니는
눈만 뜨면 노동만 하는 어머니는

미움과 원망과 눈물 대신 입버릇처럼
연민과 사랑을 통한 기다림과 용서의
의미에 대해서 어린 자식들에게 설명하며

밤잠을 설치고, 그렇게
자녀교육에 용을 쓰는 어머니는
농사는 돈으로만 지을 수도 없는 노릇이구나
수저를 들지 못하는 어머니는

품앗이를 다녀온 저녁마다
노동에 지친 흙 묻은 손, 흙 묻은 발,
그 앙상한 표정 위에
어둠들 달빛들 수북수북 쌓이는 줄도 몰랐다

뒤란 대나무밭에는
죽은 꿩의 울음들 득실대고
병이 많은 시절,
뒷산도 밤마다 울음을
그치지 않았다
울산 김씨 맏딸
밀양 박씨 종갓집 맏며느리인
내 어머니의 고집벽은 단단하지만

쌀독에 양식이 떨어지면
새 울음소리에도 깜짝깜짝 놀랐다

울 힘으로 원망할 힘으로 공부를 해야 한다는
그 말씀은 불안을 낳고 뒷산 돌탑보다 높아져 갔다

어머니는 할머니와 용영 오빠와
동생 임, 자, 희, 섭을 나에게 부탁하고
녜 녜 어머니……, 순종의 대답은
밥만 먹고 배우지 못하면 집에서 기르는 짐승과
다를 게 없다는 높은 말씀에 갇혀들었다

어느 해 겨울방학 첫 날 어머니는
폐국의 혁명가처럼 결연한 모습으로
서울행 완행열차를 타고 갔다
서울에서 어머니의 편지가 올 때마다
희디흰 편지 봉투 속에는
식당 찬모, 입주 가사도우미,

모텔청소부로 떠돌며 벌었을
어머니의 한 달 노동료가
한 장의 우체국 현금 교환권으로 담겨왔다

몇 장의 편지글 끝에 몇 번씩 썼다 지우고
다시 쓴 흔적들 "너만 믿고 있다"는
짧은 추신이, 눈물 자국으로 번져나간 글씨들이
무섭고 불안하고 두려워서
나는 닫힌 입을 도저히 열 수가 없었다

제2부

무제

지하에서 나온 상품이 바다를 건너간다

인형의 눈 위에 동전을 올려주는 손

캄캄한 꿈을 꾸었다

땅만 보고 걸어가는 꿈

손에서 손으로 옮겨지는 꿈

일톤 트럭에 실려 가는 꿈

꿈은 깨면 그만인데 앞이 캄캄한 게 마음이 상했다

동전으로 눈을 가린 인형처럼

보이는 게 모두 검은 색이었다

붉은 새벽

어머니는 2남 5녀를 낳기 전에 삼 남매를 땅에 묻었
다고 한다 단명短命이 가족력이 될 것이라는 어머니의
불안이 줄곧 붉은 기운으로 따라 다녔다

어머니는 제삿날 생일날 새벽이면 밤새 준비한 음식
을 들고 집안 곳곳에 숨어 있는 신들에게 바쳤다 따끈
한 팥 시루떡과 백설기와 인절미들…… 부엌신과 변소
신 토방신 장독대신 심지어 꽃밭 꽃신들에까지 집안
곳곳 손 미치는 신마다 떡 접시를 놓았다 나무 의자 돌
계단 화단에 꽃, 마당 수돗가에 물, 창고에 호미 낫 빗
자루 곡괭이 마루 밑 어둔 구석구석, 부엌에 젓가락 숟
가락 밥그릇 대접 아궁이에 불, 긴 골목 입구에, 대나
무밭가 덩치 큰 아카시아 나무 밑에…… 보이는 것마
다 절을 하며 자식들 제명까지 살게 해달라고 빌고 빌
었다

남은 떡 접시들 차곡차곡 채반에 받쳐 이고 그 길로
가난한 시골동네 이 골목 저 골목을 죄다 돌아다니고

새벽길을 두루 누비고 돌아오는 어머니. 가냘픈 등 뒤
로 알 수 없는 붉은 기운이 따라 붙어 왔다

인사동 길 위에서의 하룻밤

낮 동안 타국의 여행객들 북적거리던 길 위에서 그러나 늦은 밤 개 한 마리 짖지 않는 적막한 거리에서 너는 그림자 하나 없이 걷는다 화선지를 팔던 필방 안을 들여다보는 너는 오래된 도시의 이방인이 되었다 전통문화의 거리에서 새로 문을 연 인도음식점을 올려다보며 문득 변화된 도시를 연민하는 너는

취객들 빠져나가는 소리들 밤바람들 홈통 뒤척이는 소리들 사고파는 일 뚝 멈춘 인적 드문 거리에서 포장지마다 적힌 검은 매직 글씨들 불쑥 튀어나오는 그림자들 척척 얼어붙는 거리에서 엿가게 테이크아웃 커피가게 만두가게 옷가게 꽃가게를 지나치는 너는 어둠을 문지르며 줄곧 빛을 쫓는 너는

수족관의 물고기들 갈비 집 눈부신 간판에 눈뜬 짐승들을 지나친다 번져오는 가스냄새 식당가 음식냄새를 맡는 너는 숙소를 뒤로 두고…… 내 팔을 좀 더 끌어당기는 너는 계단 바닥에서 잠든 노숙자들을 또 지

나친다 어두컴컴한 귀퉁이를 돌아간다 문득 길에서 잠을 자는 시애틀의 홈리스를 떠올리는 너는 불안했던 성북동을 가슴 아파하는 너는 어둠 속에서 슬픈 얼굴을 지운다

24시간 영업 중인 편의점은 축복 넘치는 종교라며 새벽기도 일찍 나온 신심 깊은 신자라며 키득키득 팔짱을 끼는 너는 종로 거리에서 유실된 고향을 더듬거리는 너는 어둠으로 밖에 셀 수 없는 세월을 문득 증오하는 너는 길고양이의 불안한 두 눈동자를 가진 너는 길만 남은 거리에서 너는 나와 단둘이 온 밤을 걸었다*

* '길만 남은 거리에서 너는 나와 단둘이 온 밤을 걸었다' : 김구용, 「꽃들의 불협화음1」에서

이름 하나 외우며 4

이곳에는
그 옛날의 너도 없고
나도 없고
아무도 없는 것이다
아무도 없는 이곳에도
감정은 생기고
어둠이 내리고 또
다시 겨울이 오는 것이다
텅 빈 골목에 바람이 부는데
초저녁부터 눈이 내리고
눈 위에 눈이 내리는 것이다
머뭇거리던 발자국마저
쉽게 지워진다
책도 읽지 않고
일도 없는 나의
지워진 발자국 위에도
또 다른 감정이 생기는 것을
그 위로 어제처럼

모진 바람이 부는 것을
나는 보고 또 보는 것이다

고사목 1

글렀어 다시 잎이 자라기에는
습관성 절망들 나이테 속으로 골똘히 스며든다
가지마다 귀버섯이 피고 이끼가 푸르다
글렀어 다시 잎이 자라기에는…….

무른 목질에 절망들 평화적으로 새겨질 때
바람도 멀리서 온도를 낮추며 온다
겨울을 향해 고독하게 서 있으면
병 없이도 순간 죽을 것 같다

신도시 아파트단지 잘 가꾸어진 화단에서
죽어가는 병은 나에게로만 스며든다
여러 종의 여러 그루의 나무 중에서
병이 나에게로만 스며드는 데는 이유가 있다

바람 앞에서 부러지고 건조되는
그 속에 든 평화에 나는 이미 길들여졌다
달콤한 병증에 중독된 나는

순순히 병을 받아들이는 자세를 고수한다

오래 묵은 병의 의지로 나는 선 채로 죽어간다
누구에게도 양도할 수 없는 이 의지는
가지 끝에서
죽음의 끝에서

다시 생으로 회류하는가
봄을 향해 서 있으면 허공들 몸살을 앓는다
먼 곳의 끝으로부터 물기가 돌기 시작한다

고사목 2

새처럼 날고 싶다는 오래된 기도가
물관부마다 수문을 열어 놓는다
습관을 바꾸어 내부의 물기들
조금씩 몸 밖으로 내보낸다
내가 나를 돕지 않으면
누가 나를 돕겠는가
흔들리며 그림자 치수를 줄이는
겨울보다 몇 마디씩 희망을 낮추는 봄
흘러가며 스며들며 무너뜨리며
훼손된 나이테는 빙빙 회전만을 기억한다
살아있다는 감각이 도주로 막다른 곳처럼
뿌리 끝에서 흥건히 젖어 있다
물오른 나무들 앞 다투어 자라나는 곳에서
물에서 승하는 자 물에서 망하리니*
내 뿌리들 유일하게 푹푹 썩어간다
썩은 잔뿌리까지
뿌리란 뿌리들 죄다 녹고 있다
날고 싶다는 집요한 기도는

소란스러운 햇빛 사이로 죽음의 등 뒤로
휘어지며 소스라치며 뻗어간다
응답하라 응답하라 오바
간절기의 화단 한 귀퉁이에서
이파리 죄다 떨어뜨리고
눈부신 빛을 뚫는 가지들
제각각의 방향으로 허공을 들어 올린다

* 시편17 '칼로 승하는 자 칼로 망하리니' 패러디

고사목 3

가지마다 반짝이는 별을 바르고
아침을 맞이하면
나는 별의 지도가 된다

이런 날이면
나는 죽음 너머의 세계가
더욱 궁금해진다

너로부터 먼 곳에서
가지마다 별자리 이름을 갖고
나는 너의 울음을 닮아간다

네가 목 놓아 울고 떠난 이 땅에서
새들이 사라지고, 부은 발등 위로
길 고양이 한 마리 올라앉았다

네가 울고 있는 동안은
나의 가장 높은 곳이
너의 가장 낮은 곳이 되곤 한다

고사목 4

바람의 의지에 따라 울음이 달라집니까

등이 휘도록 울 때마다
일찍이 멀어진 곳보다 더 먼 곳으로 쫓겨갑니까

누구의 명령으로 절망들 슬픔들 유전합니까

세상의 모든 관棺이 화려한 꽃들로 꾸며지듯이
가지마다 척척 별과 달이 꽂힙니까

날카롭게 반짝이는 어둠들 어둠이 만개하면
뒤늦게 돌아온 곳보다 더 가까이 돌아옵니까

구름들 바람들 고양이들 나에게 돌아옵니까

울음 하나로 가장 먼 곳까지 나아갔다가
가장 가까운 곳으로 돌아오는 나는 누구의 나입니까

고사목 5

장마가 긴 남쪽을 향해
가지들 떨어뜨리면
땅의 음습함이 어깨까지 차오른다

가지들 모든 방향을
한 곳으로 두고 서 있다
죽은 고향
죽은 꿈을 향해

마르고 터지는
수피 사이로
스미는
소멸의 향

내가 좋아하는 새들은 남쪽으로 날아간다
내가 좋아하는 새들은 나에게 다시 돌아온다

물기를 물고 온 새들, 열매 하나씩 물고
돌아온 순서대로 가지 위에 앉는 것이다

가로등 3

어둠 끝에 뚫려 있는
비상구를 향해
한 무더기의 빛을 퍼부어놓으면
두 발등이 퉁퉁 부어올라

눈부시게 멀어지는 차량들
두 눈 껌벅이며 따라가서는
그곳에서 뚜벅뚜벅 이곳까지의 거리들
일기장 속 한 문장처럼 밑줄 긋는다

너무 멀리는 가지 않겠다고
컴컴한 뒤통수 끝까지 비추고
도로 변 끝까지 갔다가
되돌아서면 괜시리 눈물이 흐른다

무거운 어둠들 수북이 쌓이는 밤
한때 사랑했지만 멀어지는 사람들
두 눈 크게 뜨고 보내줄 수 있다고
비로소 환하게 마음을 켜고 서 있다

가로등 4

난 누구보다 밤을 잘 알아요

박쥐 들쥐 길고양이
발소리 죽이며
지나다니는 길목에서

어둠 속에서만 가동되는
어떤 움직임에
신경을 집중하면

어둠 속에 깊이
뿌리를 내리고
서 있으면

나는 환하게 볼 수 있어요

낮 동안 숨겨진 신경줄기
불뚝불뚝 도드라지는

어떤 들썩임을

달맞이꽃 박꽃처럼
환한 빛 속에서는
숨죽이던

몸 작은 것들이
어둠 속에서는
활짝 꽃 피우고 있음을

가로등 5

어머니는 나를 낳고 어둠의 대모가 되었다
그 날 이후, 한 번도
같은 밥상에 둘러앉지 못하는 핏줄들은
모두 살려고 외지로만 떠도는 것이다

어머니 아버지 죽은 지 오래 되었지만
고향으로 돌아가지 못하는 것을 보면
밖으로만 떠도는 운명이 꼭 부모 탓만은 아니다

어쩌다 외곽에서 외곽만을 비추며
눈물로 막을 수 없는 일들 자주 보는 걸
높은 다리 밑으로 미끄러지는 비명소리에
와글와글 청력이 약해지는 걸

이웃들은 전생의 죄라고 숙덕거리지만
저승에서도 희망의 끈을 놓지 않는 어머니
그 희미한 빛으로 스며든다 한참을 흐느끼다 돌아간
다

제3부

꿈꾸는 자세

많이 그리우면 고향 쪽으로 얼굴을 돌리고 잔다

더 많이 그리워지면 그 꿈속에서도 얼굴을 돌리지
않는다

애벌레처럼 돌돌 몸을 말고 움직이지 않는다

묘지 산책

우리는 나무의 이름으로
서로를 부르기로 약속한 적이 있다
묘지 근처에 이르면
나무는 그늘을
텅 빈 내부로 끌어당기곤 한다
그늘이 없는 나무에게로
새들이 날아오고 있을 때
나무의 이름으로
너를 한 번 더 불러 보았다
여기는 너의 끝 나의 시작일까
무덤 위로 바람이 불고 있다
환한 초록들 땅에 입술을 대면
식물은 땅이 약일까
묘지와 묘지 사이
원추리 꽃길에서 사리나무 길까지
나비 한 마리 한적하게 오간다
나는 눈이 흐릿해질 때까지
한쪽 눈만 뜨고 모든 사이를 걸었다

눈물로 오는 사랑

용서는 기쁨의 열쇠
긴 자물쇠를 돌리면
새로운 세계가 열린다
어둠 속에 든 내가 선명해진다
거울 앞에 한참 앉아 있으면
눈물로 오는 사랑이 보인다
인공눈물을 넣어야 하는
나이가 되어서야
나는 젖은 손끝으로
용서라는 단어를 쓴다

모르는 거리에서

뻔히 길이 끊긴 줄 알면서도 도문˙엘 갑니까

차창에 기대어 졸다 깨면 또 옥수수 밭
강이 가까워질수록 빗줄기가 굵어지는 우중입니까

여름에서 가을로 예고도 없이 계절이 바뀌는 길
해바라기 줄지어 서 있는 길을 일렬로 비를 맞고 갑
니까

길 끝에 새로운 길이 물꼬를 트는 기다림이 사랑입
니까

모르는 거리에서, 악수를 나누던 손을 없고 노래를
부릅니까

우중雨中에 지도를 읽으며 속도를 늦추던 바퀴들 부
르릉 멈추어 선 곳
여기가 끝이야 도문에서 정말 길이 뚝 끊겼습니까

>

강물은 두만강의 기운으로 주저 없이 흘러가는데

젖은 마음이 도강죄를 지으며 훌쩍 강을 건너갑니까

푸른 물결을 일으키며 꼬리를 끊고 사라지는 도마뱀 같은 마음 한 토막을 풀어두고

비를 맞고 왔던 길을 다시 비를 맞으며 돌아가야 합니까

* 연변延邊 동남부에 위치한 도시로 두만강을 경계로 북한의 함경 북도 온성군과 마주보고 있다.

초대장

　서울의 별이 궁금하거든 서울역에서 정릉 행 버스를
타 미아리고개에서 신호등을 건너고 오 분쯤 직진을
해 처음 보이는 흰색 육층 건물 지붕이 없는 건물로 들
어서면 난간이 없으니 계단마다 조심해서 올라와 숨이
차고 현관문이 나오면 위층에는 무엇이 있을까 궁금증
이 일어도 더 이상 올라가지 마, 벨은 짧게 두 번 만 눌
러

　아이들은 늦은 밤 돌아오고 서울사람들은 침묵을 사
랑해 현관에 들어서면 발꿈치를 들고 걷도록 해 습관
이 중요하니까 이것은 주인이 있든 없든 명심하길 서
재와 안방과 아이들 방은 항상 문이 닫혀 있을 거야 심
지어 거실도 문을 닫고 사는 집이란 걸 잊지 마

　문안을 상상하면 열고 싶어질지도 몰라
　하여튼 문을 벽이라고 생각하면 호기심이 사라질 거야

　벽을 따라 주방까지 발소리 없이 걸어오도록 해 주

방 왼쪽에 있는 푸른색 쪽문 그 문은 열쇠 없이 열 수 있는 유일한 문이야 문고리가 없는 방 슬쩍 어깨로 밀어봐 브라보 창문이 없는 방에 온 걸 환영해 방바닥에 척추를 반듯하게 뉘이면 보이지 않는 것들이 선명하게 보일 거야 줄곧 별과 달과 어둠과 이야기를 나눌 수 있지 네가 들려준 슬라이고의 별과 몽골 초원의 별들을 나 역시 두 손으로 죄다 만져본 것만 같아 만약 네가 문을 밀고 들어서면 밝고 맑은 별들이 우수수 쏟아질걸?

불면

죽을 고비를 넘기고 가까스로
살아온 사람의 이야기는
지금부터 시작될 것이다

어둠처럼 누워서 착하게 들어라
누운 척추를 타고 한 단어씩 타전될 테니

나무 그림자들 앞마당을 쪽방 언 창문을
냉골인 방바닥을 책상 서랍 속 일기장들
무작위로 단속하던 소리들 한파의 바람이 불고
늑골이 움푹움푹 깊어질 테니

병든 짐승처럼 울부짖던 사람이
좁은 자취방에서 죽었다 다시 살아날 테니
정체를 알 수 없는 발자국들
녹색 철문을 툭툭 건드릴 테니

알 수 없는 시간 위에 얼굴을 묻고

풀피리처럼 풀피리처럼 떨던, 터지는 울음들
울음과 울음 사이로 비춘 어둠의 빛들

누워 있는 통증들 희망처럼
무릎과 발목과 발가락들
끝까지 환하게 전송될 테니

미래 통증은 오늘의 힘으로 더욱 자라날 테니
잠들지 마라 잠들지 말고 내가 전한 소식들
다시 한 번 외워보아라

너밖에 없었다

손톱들 단정하게 깎은 손을 잡은 그 날의 일기에
처음 '사랑'이라고 맹세처럼 쓰고는
그 붉은 글씨 위에 '잘 모르겠다'고 휘갈겨 쓴 적이
있다

성북동 경사진 골목들 손을 잡고 오르내릴 때
사랑이 유일한 믿음이 되었을 때
사랑의 독즙처럼 두려움들 흘러넘칠 때
샴쌍둥이처럼 맞붙은 몸이 되어 떨어져 나오지 않는
다

나의 모든 두려움에는 너밖에 없었다

수량을 잴 수 없는 붉은 두려움들
이정표가 없는 길 위로 자욱하게 깔리고
방류하고 방류하는 여백 없는 일기 위에
이것도 '사랑'이라고 쓴 뒤 '잘 모르겠다'고 휘갈겨
쓴다

>
　나무들 빽빽이 서 있는 숲속을 해매고 되돌아올 때
　사랑은 나에게 폭력이 되고 그 폭력 속에서
　빠져나오지 못하는 나는, 두려움의 포로가 되었다
　수시로 단단한 어둠의 벽에 금을 긋고 돌아선 다음
에도

　나를 울리는 사람은 너밖에 없었다

기울어지는 뼈

간혹 역전이나 네거리에서
귀신을 볼 줄 안다는 사람들이 있다
행인들 북적이는 틈바구니에서
자주 붙들려 듣는 저승의 안부들
내 정수리에 터 잡고 앉은 어머니
빨랫처럼 매달려 있는 시아버지
허리춤에 전대처럼 묶인 시어머니
내 손을 꼭 붙들고 있는 할머니
생전에 한결같이
나를 지극정성으로 사랑해주신 분들

나는 왕이 될 수 없을까 귀신의 왕
누구의 눈에도 보이지 않는 왕
어둠에서 어둠을 낳는 세습의 왕
어둠과 어둠을 이어주는 배달의 왕
어둠과 어둠으로 성을 쌓는 왕이 될 수 없을까
손등과 발등 죄다 저승꽃을 피우고
뼈를 기울이면, 저승의 왕이 될 수 있을까

나는 왕이 될 수 없을까
아무리 눈부신 태양이 떠올라도
눈뜨지 않는 어둠의 왕이 될 수 없을까

이민자

　줄곧 옮겨 다니며 사는 일에 익숙하여 참 많은 하늘을 거쳐왔다 도시의 빈민가를 거쳐 해를 따라 해안도시에 이르렀을 때, 이곳의 해는 바다로 이동 중이었다 이민지의 파도는 사랑도 가지고 노는 마법사, 도시의 내력을 푸른 혈색으로 보여주며 철썩철썩 내 이름을 바꾸어 부르며 밀려든다 엘리자베스 엘리자베스 해는 물속을 구석구석 파고들고 이 침몰을 견디느라 물은 열 개의 물길을 열어두고 있다 낙화 뒤에는 정말 결실이 맺혀

　젖은 해의 번짐들, 그 힘에 이끌려 나는 깊어진다 나를 지나치는 수많은 물고기의 그림자 여기서부터는 물의 속도로 가야해 두 발바닥에 닿지 않는 아득한 탄력의 힘으로!

최후기도

태양이 물러나고 새들도 돌아갔다
12월의 모과나무 대추나무 목련나무
가지마다 고인 고요들
새들이 앉았던 자리마다
나무들의 고통 몇 점
어둠에게 스며들어 하늘까지 올라가요

겨울나무들 이 끔찍한 고요를 참으며
하늘 높은 곳에 어둠을 숨기는 밤
한쪽만 보여줄게 다짐을 한 것처럼
삐딱한 자세가 몸에 배었네요

나란히 길고양이와 고요를 맞추고
돌 위에 앉아 있으면
내게 남은 그리움 몇 점
돌에게 스며들어 땅끝까지 흘러가요

고양이와 나

대지의 깊은 곳에 어둠을 숨기는 밤
손닿을 수 없는 먼 곳에
묻어 둔 어둠들

심장 한 조각 고통 한 조각
그리움 한 조각
발소리 없이 걸어가는 맹세 한 조각
신께도 드릴 수 없는 목숨 한 조각

나무와 고양이와 오롯한
나의 어둠들 긴밀히 부화하는 밤

어둠이 지나간 허공 길에 별이 뜨네요
어둠이 지나간 길목에 언 땅이 풀리네요

유난히 별이 밝게 뜰 무렵
땅 풀리는 소리 아늑해질 무렵
그 곳에서는

열꽃이 피고 새로운 종족이 태어날까요

이렇게 해서 내가 태어나고
이렇게 해서 당신이 태어날까요
즉시 입을 떼면 입김처럼
오월의 나무향이 흘러나오는 잎들

무거운 벌을 받은 것처럼
어둠 속으로 움푹 들어가는 두 발
얼은 손바닥에 새겨지는
돌 틈으로 스민 어둠들

두 손을 높이 올리고 나무의 자세로
마지막 순간처럼 최고의 기도를 올릴까요

죽음 시대

*

너무 쉽게 슬픔을 말하고
너무 쉽게 행복을 말하고
너무 쉽게 사랑을 말하고

내밀하게 무너져서
예민하게 건설되던
감정의 발설이 이렇듯 쉬워서야!
문득 새벽잠에서 깨어나
왜 나는 이런 의문에 빠져드는 것일까

*

죽음의 도시에 배웅과 마중이 없다
일말의 상처가 없다
슬픔들
행복들
사랑들
시대의 거짓이 되었을까

치명적인 거짓은 평화를 지향할까 오히려 참일까

　거짓인 줄 알면서 끝까지, 자신까지 속이는 미소 속
에서 – 죽여주는 말이 나눠주는 평화의 포도주를 나눠
마신다 이것은 화자의 죄일까 청자의 죄일까 어느 세
계에 이미 개입되었다고 느꼈을 때, 빗방울들 유리창
을 두드린다 숙성되지 않는 무리의 힘이 소름처럼 돋
는다 슬그머니 주먹을 쥐고 힘줄이 선 어둠을 바라
볼 때, 비는 허공에서 눈이 되어 내린다 거리는 어둠
으로 이를테면 비율일까 육 대 사 혹은 칠 대 삼 그것
은 어디쯤에서 기준을 와해시켰을까 베란다에 서서 캄
캄한 밖을 내다본다 어둔 거실로 돌아오면 어둠들 곧
장 따라 붙는다

*

　나비가 되어 날아간 애벌레처럼
　말은 일찍이 본가本家를 떠난 게 아닐까
　곤충의 빈 껍질 같은 허울뿐인 말의 무늬를 입술에

걸치고
　스스럼없이 속삭이는 너와 나는
　지금 보이지 않는 어떤 음모에 깊이 가담된 게 아닐
까

　발이 빠지면 오 초 안에 죽는다는
　죽음의 호수 같은 말들의 시대
　지구의 항문에 초대된 자 오 초안에 돌이 되지 않는
다면 가만
　자신의 입을 심장을 손을 더 의심해야 하지 않을까
　나는 나를 더욱 맹렬히 의심해야 할 때가 아닐까

　적막에 휩싸인 대한의 신도시에서
　가족들 평화롭게 잠이 든 집안을 어슬렁거리며
　둔중한 시계추처럼 어둠속을 반동하며
　아 아 나는 쓸데없는 질문을 과연 누구에게 던지는
것일까

제4부

시베리아 벌판을 달리며

어린 나타샤는 동생 사샤의 손을 잡고
4인용 객실마다 문을 열고 다니며
이름이 뭐예요, 이름이 뭐예요 묻는다

내 이름을 묻는데
왜 옛 이름이 떠오를까
부르지도 않는 이름도 이름일까

그 이름의 어린 내가 객차를 뛰어다니다가
창밖으로 날아가 시베리아 벌판을
한참 동안 돌고 돌고는 훌쩍 돌아온다

어린 나의 얼굴에는 밖에서 묻혀온 별빛이 흐른다
반짝이는 빛 속의 글썽이는 표정.
이 표정은 춥고 낯선 어둠 속에서 단련된 움직임

시베리아 벌판에 비가 내린다

너는 나로부터 너무 가까운가 너무 먼가
발목과 손목에 덕지덕지 파스를 붙이고 앉아
객실 침대와 침대 사이 작은 탁자 위에
새삼스럽게 개명 전 이름자를
한글과 한자와 영문자로 다양하게 써보는 것이다

이름과 이름 사이 항렬과 항렬 사이 침묵과 침묵 사
이
고통과 고통사이 시간과 시간사이
나의 아픔은 어디로부터 흘러오는가

한 번 지나가면 좀체 돌아올 수 없는 백야의 간격들
기차는 비를 맞으며 7월의 자작나무 숲을 지나가고
나타샤와 사샤는 엄마 손에 이끌려 침대칸으로 돌아
가고
나는 나의 과거에 너무 열정적이다

나는 그 이름 앞에서 한숨을 쉬고, 시간이 많이 흘렀다

간이역마다 구운 생선과 말린 생선들
컵라면과 미니보드카들 좌판에 펼쳐놓고
여행객을 부르고 있는 러시아의 노점상들……,

기차는 다시 달리고 환부 하나 환부 둘 보드카는
이미 빈병이 되어 객실 바닥에서 혹은
한 사람이 겨우 다닐 정도의 좁은 복도에서 투명하
게 뒹굴고

여행객들은 먹고자고 먹고자고 시간이 흘렀지만
잠들지 않는 이름 하나, 자꾸만 어지러워
나는 일일이 좁은 맥관脈管을 닫는 것이다

멀고 먼 유배지의 우글거리는 신음에게
너는 부디 대답하지 말라,
태중胎中에 아버지가 준 이름을
낡은 가방을 양손에 들고 시베리아 벽촌으로 돌아가
는

촌로의 모자 위에 슬쩍 올려둔다

기차는……, 시베리아 자작나무의 흰 사이를 지나가
고 있는데
내 눈에 점점 선명해진 통증들 온몸에 번지고 있는
붉고 긴 가려움들

버려진 이름은 나에게 멈추지 않는 가려움증을 두고
간다
버려진 이름이 그렇듯이 그 이름은 나에게 와서
눈물과 회한과 고통과 배신 속에서 불려지다
오래전 호적에서 파양 당하고
문득 유배지에서 끌려나와 운명처럼 내 손에서 다
시 버려진다

시베리아의 겨울, 봄, 여름, 가을을 너는 홀로 걸어라
이 땅의 모든 계절들 너에게 선물처럼 건네는 것이다

지금 시베리아 벌판에는 비가 내린다
기차는 종착역에 가까워지고
촌로가 내린 간이역을 지나온 지 오래 되었다

덜커덕덜커덕덜커덕 고난과 불안 사이
불안과 환상 사이 버려진 이름들 어느 생을 유전하
는가
너와 나는 더욱 먼 거리가 필요하다

예니세이 강가에 서 있었네

굳게 믿고 가던 길이 뜻밖에 뚝 끊겼네
오도 가도 못하고
오래도록 하늘만 바라보네
사실처럼 귀가 하나씩 더 생겨났다네

내 귀에 환상의 두 귀를 열어 두고
나는 또 걷는 법을 바꾸는 것이네
누군가의 태명 같은 예니세이
예니세이 강가에서 문득 나는 흐린 물이 되네

옆걸음으로 난류로 변하는 그 곳까지
물의 희망을 품는 나는 슬픔일까
시간의 소용돌이도 잔잔해지고
가슴 아픈 일들 다시는 일어나지 않을 것 같은
그 곳까지 강물이 마를 때까지 가만가만 흘러가

어느 물목에선가
나는 또 걷는 법을 바꿀 것이네

서서히 해가 지기 시작하는 외지의 자정 무렵
나의 믿음은 물의 힘으로
더 먼 곳으로 더 어두운 곳으로 흘러갔다네

수 만 번 오늘이 지나가면 나는 알게 될 것이네
나의 길들은 왜 무정하게 끊기고 끊겨야 하는지
그때마다 나는 왜 걷는 법을 먼저 바꾸는지
하지만 지금의 나는 아무것도 모른다네

예니세이 강가에서 부르는 이름

여기가 끝인가, 강물들 흘러넘치는 물가에서
잃어버린 길을
자작나무와 물에서 찾는
나는 내 안을 떠도는 목마른 나그네였다

무성한 초록의 무게를
수위 깊은 물속으로
침수시키고 있는 러시안 거목처럼
나도 내가 너무 그리워서
열 손가락을 강물에 담근 채 오래도록 목을 축인다

강물은 멈춤 없이 어디에서 흘러왔는지
어디로 흘러갈 것인지 이정표를 세우지 않고 흐른다
빽빽이 서 있는 나무와 홀로인 사람의 그림자를 지
나쳐서
높고 긴 다리 밑으로 흘러간다

누군가의 고향으로 쉬임없이

흘러가는 강물들 철썩철썩
등 떠밀고 서 있는 가뭄 깊은 나는
문득 나로부터 너무 먼 나의 이방인이다

고향에서 아주 먼 그곳에서
내가 나에게 돌아가고자 막 마음을 먹었을 적
물속에서 무언가 내 손을 부여잡는다
그 힘에 끌려

가야지 어서 가야지 내가 나에게 돌아가고자
재촉하는 마음을 일으키는데……, 그 서두름 속에는
내팽개쳐 왔던 서러움들 물밀 듯이 밀려드는 것이다

알혼 섬에서 쓴 엽서

잊겠다는 결심은 또 거짓 맹세가 되었다

시베리아행 기차의 차창 밖으로 던진 익숙한 이름
하나
섬에 도착하니 환한 밤에 별들로 떠 있다

푸른색이 선명한 엽서의 뒷면에 가까운 곳이라고 쓰
고
그 아래 아득한 곳이라고 쓴다

오물이라는 생선을 끼니마다 먹는다고 쓰고
꽁치와 고등어의 중간 종種인 것 같다고 덧붙인다

엽서보다 내가 더 먼저 도착할지 모른다고 쓰고
수영장 의자에 길게 드러누워 눈을 감는다

풀밭에 앉아 행운의 네잎크로버를 찾는 사람
푸른 호수로 내려가는 사람
전망대로 올라가는 사람

길의 방향도 각각 다르고 영혼의 처소도 다른 사람

해가 지지 않는 저녁
검은 선글라스를 쓰고
입으로만 웃음을 보이고
밥을 먹고
차를 마시고
보드카를 마시는 일
이 낯선 동화의 나라에 기적처럼 와서
꿈같은 현실이라고

잠은 쏟아져도 말은 줄어들지 않는 시간
이 아름다운 순간을 침묵할 수 없어서
노란색 꽃을 꺾어 바이칼 호수 지도 사이에 넣고 다
닌다고 쓴다

아프고 아픈 손, 그 손으로 쓰고 또 쓴다
눈물 없이도 나는 너에게 전할 소식이 있는 것이다

공원에서
– 2010, 프라하1

여행지의 거지보다
남루한 몰골이 되어
도심의 공원으로
절뚝절뚝 흘러든 적이 있다
목매달아 죽은 친구를
나무 밑에 묻고
곧바로 여행을 떠난 적이 있다
공원의 비둘기를 따라
나무와 나무 사이를
돌고 돈 적이 있다
나무의 모든 것
죽음의 눈目이었던 적이 있다
푸른 죽음 붉은 죽음 노랑 죽음
죽음이 있는 곳마다
털썩털썩 주저앉아 간혹
리어카 위에서
빵 굽는 여자의 흰 손을
내 주위를 돌고 있는

새의 붉은 발목들을

마른 땅에 그린 적이 있다

앉은 땅마다 화폭이었을 때

죽은 친구의 손이 내 손을 붙잡고

그림을 완성시킬 때

물러서지 않는 힘들이 다가온다

흙먼지 범벅인 내 손에

생수 한 병 건네주고 스쳐간

낯선 손이 불쑥 나타나곤 했다

광장을 지나며
- 프라하2

다가온다, 키 큰 사내가 어린 소년의 등을 떠밀며 햇빛들 비스듬히 쏟아지는 광장을 가로질러 원 달러 플리즈 땀에 젖은 흰 티셔츠와 주머니가 큰 바지를 입고 흙먼지가 뿌옇게 눌러 붙은 발로 슬리퍼를 끌고 두 손을 내밀며 한 걸음 더 가까이 온다

뜨거운 태양 아래에 비스듬히 서서 달러 지갑을 열고 7월의 햇빛들 돌바닥에 꽂히는 대낮, 1$를 건네준다 중년 남자는 스산하게 땡큐 인사를 한다 곧 다른 사람에게로 소년의 등을 떠밀며 한 걸음 멀어진다

저녁 무렵 시내 중심 한식당 근처에서 그들은 또 우연히 다가온다, 나이든 사내는 어린 소년은 앞세우고 어둠과 네온사인 불빛을 뚫고 더 비스듬히 처음처럼 손을 내밀고 섰다 한 걸음 더 가까이 와서는 원 달러 플리즈, 물러서지 않는 힘으로 온다

프라하의 낮
- 너를 보내고

　땡볕 아래서 길을 잃었다, 네가 없어도 광장의 시계는 미래로 돌고 나는 그 사실이 문득 서러워 두 귀가 닭 볏처럼 붉어진다 무엇에나 늘 무리했던 습관처럼 나는 이별에도 무리하는 습관을 가질까 인파에 저당잡힌 광장이 생각의 태엽을 갈아 끼우는 동안 두 귀의 붉은 열기가 온몸으로 퍼지고 있다 내가 잘못했어 아픈 손바닥에 태양을 쥐고 시계방향으로 점점 어지럽게 도는데 너는 북류하는 엘베강 그 어디쯤에서 돌아올 수 없는 경계를 훌쩍 넘었을까 그 곳 강물소리들 물구나무서듯 가슴 바닥을 뚫고 깊이 솟구친다 우리 죽어서도 만나지 말자 짧은 이별사 한 토막 툭툭 끊어 비슷비슷한 골목으로 전송하는 7월, 누가 여행지까지 따라붙어 석척동자기우제(蜥蜴童子祈雨際)*를 주도하는지 느닷없이 해가 중천에 떠 있어도 프라하는 비가 내린다

* 도마뱀을 잡아다가 작열하는 햇볕에서 작대기로 때리거나 괴롭히면 하늘의 용이 비를 내리게 한다.

더블린의 예이츠학회 건물 방명록에
너의 이름을 쓴다

네가 올 수 없는 곳임을 알면서도
이 먼 곳까지 와서도 나는 너를 기다리고 있다

방명록에 내 이름을 쓰고 옆자리에
너의 이름을 또박또박 새기듯 쓴다
내 이름 아래 네 이름을 내 꿈 아래 너의 꿈들을
일부러 너의 필체로 바꾸어서 쓰곤 한다

학회 사무실 벽마다 예이츠와
그의 연인 모드건과의 사진들
그 사진 속에서도
두 사람의 로맨스는 은은히 빛을 발한다

좁은 복도 끝 2층 서재에 들어서면
낡은 시집들이 꽂힌 엔틱 책장과 붉은 의자들
그 사이의 열린 창문으로 몸을 내밀고
개천물이 튀어 오르며 허공에서 새가 되었다
열린 창문틀에 부딪쳐 곧 추락하는 것을 본다

>

이탄 섞인 거무튀튀한 물결 위로 쏟아지는 죽은 새 떼들

1월의 바람 사이로 툭툭 떨어진다

하지만 곧 척추 곧추세우며 몸 털고 있는 허공 사이로

한 마리 붕새처럼 날아올 것만 같아⋯⋯, 쳐다보고 또 쳐다보고

박제된 채 살아있는 나의 기록들 살아서도 죽어서도

너는 끝내 못 읽을 텐데,

방명록을 혼자 쓸 때면 아끼는 볼펜을 꺼내는

나의 기다림은 검은 잉크가 되어 얇은 종이에 문신이 된다

코타키나발루 해변에서

– 김수복의 「저녁은 귀항歸航 중」을 보고

고사목에 묶인 해먹에 걸터앉은 나는
섬으로 귀향 온 한 마리 해오라기

바람이 불면 빈 뼛속에서
조각난 종소리들 터지곤 한다

둔탁한 소리 사이로 출몰하는 얼굴들
볼이 두툼하고 눈이 큰 선한 얼굴

눈이 째지고 코가 오뚝한 검붉은 얼굴
광대뼈가 불거지고 두 귀가 큰 흰 얼굴

달빛에 수장된 종鐘의 음표처럼
더 높아진 파문은 새들의 공동 우물

물결들 깊숙이 굽은 만을 따라갈 때
여러 얼굴들 모래 속으로 사라진다

싸아악 싸악 흰 모래울음이 밀려든다
내가 아닌 나에게로 나의 저녁에게로*

별을 보며 길을 떠나던 옛사람처럼
바람들 나를 따라 모래 울음을 떠밀며 간다

* 김수복, 『밤하늘이 시를 쓰다』, 121쪽.

북경공항 터미널에서

내 한쪽 그리움이 가다 멈춘 곳
7월의 북경공항 터미널 의자에 앉아
쪽잠이 든 여행객들 사이에서
쏟아지는 잠을 참을 수가 없는데

눈만 감으면 꿈을 꾸는 것이다
죽은 어머니의 창백한 얼굴이
야윈 두 팔이 절뚝거리는 걸음이
내 촉각 맨 바깥쪽에서 배회를 한다

어머니,
어머니,
힘껏 목청을 높이는 순간
내동댕이친 유리컵처럼
산산조각 나는 꿈

나는 날카로운 꿈 한 조각이 되어
북경공항 터미널 구석구석을

표류하는데
보이지 않는 세계로 스며든
당신을 따라 나는 공중에 떠 있는데

나를 빠져나간 나는
나로부터 쭉 쭉 멀어지고
북경의 어둠들 주물처럼 쏟아지는 밤
멀리 더 멀리
떨어진 북두칠성처럼
나는 나로부터 아득해진다

나는 기억의 부재 감정의 부재
현실도 미래도 갖고 있지 않아요
나는 과거로부터 퇴출된
나도 모르는 나 너무도 낯선

이곳의 나는
누구의 자식도 아니에요 어머니

그리운 어머니
다시는 저를 찾아오지 마세요

소리치고 또 소리치는데
내 몸은 어느새 비행기 안에 앉아
다음 기착지로 날아가고 있다

이르츠크와 알혼섬을 오가는 배 안에서

좁은 선장실 기둥에
몸집이 큰 개 한 마리
굵은 밧줄에 묶여 있다

묶인 몸에서 가장 적극적으로 움직이는 건
천천히 움직이는 시선뿐이다
선실 문과 선장의 뒷통수를
오가는 불안한 눈동자

반쯤 열린 문으로 보이는 호수와
사내의 뒤통수를 두 눈에 담고
그것이 세상의 전부인 듯
게으르고 게으른
늙은 개의 눈빛을 하마터면
평화의 빛이라고 말할 뻔했다

내가 슬그머니 그림자를 앞세워
얼굴을 내밀었을 때

일어선 내 몸이
앉아 있는 그의 시선보다
서너 배쯤 높아졌을 때
개는 긴장을 하며 앞발에 힘을 주더니
그만 – 부동의 자세로
선실 바닥에 침을 흘린다

그 후로는 어떤 소리도 내지 않는 것이다
무언가 잘못 본 듯
두 눈을 연신 끔뻑거릴 뿐,

나는 입술을 오므리고 휘파람을 불고
파도가 더 일고 배가 흔들릴 때
축 처진 두 귀가 쫑긋하다가 이내 축 처진다

참고 견디는 법을 호수의 침묵 속에서 익히며
제 본성을 잃어버린 개 한 마리
무뎌진 청각과 사라진 개의 목소리

개의 시각에 대하여
결국 참지 못하고 나는 혼잣말을 내뱉었다
– 이건 거짓 평화야 죽음이야

*

그러나 나여 생각해 보라
목소리와 청각과 시각을
제 안으로 격침시킨 한 존재를 향해서
어찌 함부로 감정을 갖는가
내가 나에게
집요하게 질문을 던지는 동안
토할 듯 토할 듯 아슬아슬한
구토의 기미가 일었다

마침내 배에서 내려 봉고차로 바꾸어 타고
다시 뭍으로 돌아가는 길
노면이 울퉁불퉁한 길 위에서

내 몸에 스며든 호수의 푸른 물빛들

새파랗게 솟구치곤 한다 높은 파도가 일어난다

제5부

고흐의 무덤 앞에서

조류의 울음 같은 초식동물의 병 같은
바위의 신음 같은 애끊는 소리들에 휩싸여
너의 묘지 앞에서 나는 열린다

처음 그 소리들 귀를 통하여 들려왔지만
그 다음은 가슴으로 먼저
그리고 두 손으로 두 발로 나에게로 스며든다

밑도 끝도 없이,
마치 밀물과 썰물이 섞인 탁류처럼
잊혀지지 않는 기억 속으로 흘러든다

공포와 두려움이 침목처럼 박힌 길을
의심 없이 국경을 넘어 바다를 건너
줄곧 한 곳만 보고 달려온 나는

이렇게 매번 마음을 모두 걸었지만
나는 나의 고통밖에 너는

너의 고통밖에 돌볼 수 없는 우리의 불행들
너의 묘지 앞에서, 온 정신을 해체하고 나는 나를 개
방한다

더욱 무성해지는 소리들에게
터진 울음이 첫 울음에게 옮겨가는 움직임에게
넓은 나이테 쪽으로 치닫는 울음에게
두 손 벌리고 나는 너무 강박적이다

흐린 허공 까마귀 떼 밀밭
고요 속 고요, 겨울의 이정표마다
묘지마다 꽂혀 있는 이름들아 죽음들아
나의 정신의 내막을 그대는 정말 보고 있는가

나의 울음을 초대한 너의 울음이
꿈처럼 자꾸 변종되어 나의 젖은 입이 되었다

처음의 그 소리처럼 입을 통하였지만

묘지 곳곳에 새겨진 울음들 곧 투수처럼
손과 발을 사용하여 하나씩 밖으로 내던지고

마침내 오베르 마을 뒤쪽 묘지 터에서, 나는 닫히지
않는다
겨울 공동묘지에는
나를 알아보거나
나를 붙드는 사람 하나 없지만
죽음은 쉽게 나를 덮치지 않는다

빈센트 반 고흐

태초에 기도가 있었다
단란한 기도는
두 손목에 든 바람처럼
노랗게 붉어지곤 한다
교회는 변색되는 기도를
떠받들고 낡아가고
좁은 문을 뒤쪽에 열어둔 채
희미한 정신을 드높인다
주여, 당신 뜻대로 하소서!
오늘도 멀리 가지 못하고
휘파람은 교회 마당가를 맴돈다
해바라기들 노랑 속 회전율은
자잘한 돌 위에서 반짝인다
주운 돌멩이 하나 주머니에 넣고
기차가 떠나가는 역을 향해
너의 이름을 불러본다
하루가 느리게 지나간다
남은 귀 하나 허공에 걸어두고

새 울음을 모으는 시간
기차는 유배지를 찾아들 듯
어둠을 몰고 오고 있다

성 폴 요양소[*] 앞에서

나의 희망으로 나는 여기까지 왔다
지극한 슬픔들을 이렇게 묻는다
소란에서 소란으로 소음에서 소음으로
고요에서 고요로 적막에서 적막으로

너와 내가 마주 섰을 때
서서히 일어서는 벽
너와 나 사이 동서로 길게 뻗은 회색 벽 속에는
상처 많은 짐승 한 마리 살고 있다

벽의 균열 속으로 꾸역꾸역
지금껏 걸었던 내 길들을 풀어놓으면
날카로운 늑대의 울음들
수직으로 자라나고
내벽을 후비며 차곡차곡 어둠이 된다

벽은 욱신거리는 울음의 탄력으로
저렇듯 높고 단단해졌다

남프랑스의 새들, 내 파르스름한 입술과
초췌한 뺨 위에서 맴돌고 있을 때

슬그머니 벽에 기대어 있으면
땅이 벽을 들어 올린 듯
벽 틈바구니가 열리고 늑대의 울음소리들 밖으로 튀
어나온다
데굴데굴 겨울나무 사이로 굴러가는 것이다

누구의 희망으로 나는 이곳까지 왔을까
나의 일기는 변명 없이 끝났다
지금부터의 나의 기록은 일기장 밖의 일기들
소란에서 멀리 소음에서 멀리

* 생 레미 프로방스에 있는 생 폴 드 모졸 수용소 요양소. 아를에서
25km 떨어진 곳에 있다. 고흐는 스스로 들어와 가장 고통스러운
시기에 수많은 명화를 남겼다.

오베르의 교회 먼지 희뿌연 방명록에

사랑이 그대의 손에서 시작되었다면
우리의 사랑은 그대의 손에서 자랐을 것이다

어둑한 교회 제단에
촛불을 켜고
두툼한 방명록에
누런 종이 위에
우리의 만남과 결별은
그대의 손에서 운명을 다하였다고 쓰고는

새들이 떠나간 밀밭을
멍한 표정으로 돌아보는데
신자 한 명 없는 시간 뒤에서
누군가 소리 죽여 울먹인다

하늘이 없는 것 같은
높은 천장을 올려다보며
1월의 나도

소리죽여 한참을 울었지만
울음의 이유를
한 마디도 묻지 않고 스쳐간 이神가 있다

(만일 우리가 다시 만난다면 무슨 말을 할까요)

참 멀고도 높은 오베르의 교회
먼지 희뿌연 방명록에는
어느 기록물법에도
저촉되지 않는 내생來生의 선약이 젖어 있다

발자크박물관 방명록에 낯선 내 이름을 쓴다

발자크는 가구와 의자와 책들 사이에 없다
방금 책상 위에 펜을 던지고
뒷문을 열고 달아나는
그의 모습이 뒤뚱거린다

많은 빚을 지고 평생을 힘겹게 살던 그는
손님의 발소리에도 놀라 황급히 도망을 친다
저 육중한 몸으로 이 작은 집에 갇혀서
사는 일도 쉽지 않았을 것이다

되풀이하듯, 방명록에 방명기를 쓰려는데
낯선 이름 하나 튀어 나온다
엘리자베스 엘리자베스 한때 영어 공부를 할 때
학원에서 부르던 내 영어 이름이
발자크박물관 방명록 안에서 되살아났다

그리움이 많은 나, 내 안에 저장되어 있는
수많은 이름 중 내 영어 이름이

파리 시내 부촌 골목 끝
아담한 발자크박물관 입구 방명록에서
앞서 다녀간 낯선 이름들의 탄력을 받아 튀어 나온다

엘리자베스와 나 사이에 선 나와
발자크박물관의 빈 공간과
뒷문 사이에 선 발자크와
이 세상에 드러난 힘과 감춰진 힘 사이의
그 무수한 존재의 힘에 대해 골똘해지는 것이다

카리카손의 밤에 쓴 엽서

이곳에서는 내 식으로 창을 낼게요

당신과 나 단둘이 작은 벽난로 앞에 앉아
마른 장작 하나 둘 집어넣어가면서 화기를 조절해요
안락의자 두 개 놓인 거실에는 커튼 하나 달지 않고

잠든 시간 깨어 있는 시간 구분하지 말고 정원의 새
소리를 들어요

아프게 서로 짓찧었던 부위마다 붉은 약 발라주며
미안하다 후후 서로 용서해요

한 사람이 죽으면 다른 한 사람이 나중 죽을 때까지

소식하는 당신 식성을 따라 채식菜食으로 아침을 먹
어요

천천히 그렇게 손잡고 마침내는 함께 죽어요

>

중천에 환하게 뜬 달 마당 한가운데 연못에 걸려 멈춰 있는 이곳은 프랑스 남부의 카리카손이에요

소박하지만 예의가 바른 뭇 사람들이 돕고 사는 마을 따사로운 햇빛 한 오라기 어깨에 걸치고 바람소리 환하게 들리는 우리의 출생지 같은 이 마을 곳곳 동네 길을 다 걸어서 길 끝까지 걸어서 마을 뒷길 수많은 텃밭 중 가장 경사진 땅 몇 평쯤 세를 얻고요

두렁마다 종을 바꾸어 씨를 뿌려요 치커리 당근 방울토마토 상추 열무 배추랑 절기에 따라 푸릇푸릇 솟아 내는 일

새벽잠 줄이고 뒤늦은 농사법 천천히 배워갈까요?

나의 초대를 곧 수락해 주세요

이 엽서를 받을 수 있는 주소를 부디 내게 보내주세요

섬

거미 두 마리 속눈썹에 붙어 있는
비눗방울들 아른거리는 비문증

말하는 증상마다
의사는 약이 없대
그러니 처방전을 안 줘

떠나고 싶은 마음이 생길 때마다
지도에 붉은 동그라미를 그렸는데
섬마다 꿈을 심었는데
당신도 나의 꿈인 적이 있었는데

슬픔에 좋은 약은 눈에 안 좋을까
황반에 변성이 생기면
머지않아 실명失明이 될 거래
마음을 준비하래
가장 높은 파문이
가장 멀리 멀어져 가는 거래

\>
사계절 바다뿐인
조석으로 새 한 마리 없는 지명에
짐을 풀고 앉아
고작 미래의 두 눈만 걱정한다

숙소 침대 옆 둥그런 의자에 앉아 눈을 감으면
섬, 여기는 도망 올 곳이 아니라
도망쳐야 하는 막다른 곳이다

칸느의 비 오는 거리

겨울비는 1월의 칸느 거리를
어둡게 흘러간다

우르릉 꽝
비 사이로 터지는 천둥소리들

빗물에 잠긴 자동차 옆에서
한 알의 두통약을 삼킨 채 아 아 비를 마신다

작달비에서 검은 숯맛이 진동한다
검은 우산으로 흐린 하늘을 가리고

씻어낼 수 있는 모든 것이 씻겨내려
도심의 하수구로 흘러갈 때까지

나에게는 나밖에 없을 때까지
롱 점퍼 무릎에서 어깨까지 모두 젖을 때까지

나로부터 멀어진 너의 고결함을
다시 순결해지는 나를 생각한다

신발 밑창으로 휩쓸려가는 먼지처럼
가볍게 떠나가는 시간들

우아한 결별의 장소 칸느의 우기에
너와 나는 정말 자유를 얻었는가

클리아스 강에서 부르는 노래

강물이 스스럼없이
어둠을 의지하고 흘러가는 밤
나도 섬나라의 어둠을
의지하고 두려움 없이
머나먼 요단강 같은 저승의 강 너에게로

악어와 대구와 다종의
어류가 산란하는
머나먼 강 선착장에서
모든 탄생은 어둠 속에서 이루어진다는
당신의 믿음에 문득 동의한다

믿음이 깊어질수록 내 주위는
어둠뿐이다

어둔 허공 어둔 나무
어둔 물 어둔 사람뿐
꿈지럭거리는 어둠

꿈쩍 않는 어둠 연한 어둠
조금 날카로운 어둠
묵은 어둠 새로운 어둠들

조금씩 구분이 될 무렵
열린 공간에서 눈을 감고도 느낀다
다산多産의 지친 몸을 뒤척이며
산고의 고통을 견디는 강의 슬픔을
오래전 내 이름을 부르며
용서를 구하던 당신의 슬픔을

우리의 슬픔을 이해하는
신의 계획처럼 강의 밤은
빛은 빛끼리 어둠은 어둠끼리
나무는 나무끼리
혈육은 혈육끼리
강물은 강물끼리
변절자는 변절자끼리

모두 제 종족을
찾는 일에만 힘을 기울이는 것을

강의 비밀이 누설되는 것을
난간을 붙들고 있는 손등의 상처에서 본다

*

벌레들의 울음소리에 자극이 되어
문득 하늘을 보았다

아버지는 17년을 피를 바꾸어가며
혈액투석에 의지했지만
나쁜 피는 나쁜 피와 붙고
더운 피는 더운 피와 붙는다
어둔 허공을 흐르는 달의 피가 내게로 흐른다

내가 겨우 사랑을 믿고 사랑을

고백하려고 할 적
불쑥 이복동생에게서 전화가 왔다
당신이 먼 곳에서
구토를 거듭하며
울면서 죽어갔다고
아버지는 늘 극락을 믿었지만
나는 자꾸만 믿음이 약해진다

마음 약한 사람이 하늘을 의지하듯
오늘 밤 하늘도 사람을 의지하는가
상처가 낫지 않는 입으로
새로 태어나는 울음으로 노래를 부른다
정월 달빛이 흘러내리는 강 위에서
절정에 이른 어둠 속에서

아무르 강가에서

여기는 두 개의 시계가 있다
너는 북쪽의 시계를 나는 남쪽의 시계를 본다
흐린 강물을 따라 철새를 따라
시간은 습지의 향을 맡으며 북쪽으로 흘러간다
우리는 눈을 감고 휘파람을 불었다

새들의 합창소리를 따라
너의 시계는
늘 나의 시계를 앞서 간다
조율을 맞춘 피아노 검은 건반처럼
새들은 붉은 허공에 박혀 울고

낮은 언덕을 오르면
강물은 무덤이 된다
노을들 솔솔 같은 음을 반복하며
허공을 무너뜨린다
점점 붉어지는 강물들

마당이 없는 곳에서 새들은 또 태어나고
우리의 슬픔에는 계절이 없다
우리의 이별에는 아무런 이유가 없다
북쪽은 북쪽의 시계를 보고
남쪽은 남쪽의 시계를 보고 앞으로 나아간다

무덤이 없는 곳에서
새들은 죽음을 맞이하고
먼 곳에서 나는
먼 곳에 있는 너를 생각하고 있었다

프라하에서 온 편지

우글거리는 통점을 따라 어둠을 건너가는 불타바강 강물처럼 그 강물 위에 내려앉은 어둠처럼 잘 지내십니까

도시 골목들 쪽수를 매기며 오른쪽 손목에서 왼쪽 손목으로 이동하는 손목 통증처럼 견딜 만합니까

이 땅에 남은 마지막 마음, 슬리퍼 운동화 높은 하이힐 납작한 구두 남모르는 발끝에서 늘 채이고 밟히고 익숙해진 거리에서 노숙자처럼 매일의 숙식을 해결합니까

먼 거리를 견디는 이방인의 방식으로 한 번에 한 가지씩 참는 버릇들 잘 길러내고 있습니까

너무 멀리 있어 캄캄하게 그리워하는 일도 때론 휴식이 필요합니까

당신의 별들 하나하나 떼어 강물 속에 수장하고 아련히 가늠해보고 행복과 불행의 거리를 오갑니까

거식과 단식을 오갑니까 죽음은 단단합니까 붉고 뜨거운 두 눈 여전히 백야의 태양처럼 줄곧 잠들지 못합니까

불면이 피면 어둠이 집니까 어둠이 등불을 밝히면 태양이 집니까

그리운 남쪽, 그 이후
– 박소원의 시세계

고봉준
(문학평론가, 경희대 교수)

그리운 남쪽, 그 이후
- 박소원의 시세계

고봉준
(문학평론가, 경희대 교수)

"모든 행복한 가정은 서로가 엇비슷하지만, 불행한 가정은 제각기 나름대로 불행을 안고 있다." 톨스토이의 소설 『안나 카레리나』의 첫 문장이다. 박소원의 시를 읽다 보면 행복한 가정과 달리 불행한 가정들은 각자의 방식으로, 즉 제각각 다른 이유로 불행하다는 톨스토이의 문장이 자연스럽게 떠오른다. 프로이트가 오이디푸스 콤플렉스 개념을 통해 친부살해 충동을 설명한 이후 '아버지'에 대한 적대감, 혹은 '살부 충동'은 문명의 역사를 설명하는 주요한 내러티브의 하나로 언급되어 왔다. 하지만 그 상징적 아버지의 권위를 둘러싸고 벌어지는 가족 드라마가 아니어도 가부장적인 문화가 강력한 영향력을 행사한 한국사회에서 가족, 특히 '아버지'는 항상 문제적인 존재로 지목되어 왔다. 핵가족화가 완전히 정착된 이후에 출생

한 세대와 달리 전통적인 대가족 제도에서 핵가족으로 이행하는 과도기에 출생하여 성장한 세대에게는 여전히 '가족'이 주요한 비극의 기원이거나 현실의 상처를 상상적인 방식으로 치유해주는 원체험인 경우가 흔하다. 박소원의 시에서 '가족'이 바로 그렇다.

> 서울 사는 작은 아버지 두 분이
> 작심을 하고 고향엘 내려왔다
> 아버지 집 안방 문을 걸어 잠그고
> 아버지를 결박하고
> 삼일 낮밤 형제간에 담판을 지었다
>
> 불안이 온 집안을 넘실거리고
> 뒷산이 크게 울음 울 때
> 딴살림 차린 아버지보다
> 다정한 삼촌들보다
> 힘없는 어머니보다
> 몸 아픈 용영 오빠보다
> 자주 기절을 하는 내가 무서웠다
>
> (…중략…)
>
> 아버지는
> 마을 초입 녹색 대문을 걸어두고

아들을 얻고 또 아들을 얻고
이복동생이 자꾸 늘어났지만
그 계절 아버지는 얼마나 상했을까

집에서 키우던 짐승들이
떼죽음을 당하고
흉년이 온 마을을 뒤덮던 계절
아버지는 종갓집 손님 많은 집에
큰 쌀독을 텅텅 비워두곤 했다

(⋯중략⋯)

어느 해 겨울방학 첫 날 어머니는
폐국의 혁명가처럼 결연한 모습으로
서울행 완행열차를 타고 갔다
서울에서 어머니의 편지가 올때마다
희디흰 편지 봉투 속에는
식당 찬모, 입주 가사도우미,
모텔청소부로 떠돌며 벌었을
어머니의 한 달 노동료가
한 장의 우체국 현금 교환권으로 담겨왔다
─「길」부분

"어머니의 턱을 어그러뜨렸다"(『어떤 평화주의』). '가족'

에 관한 박소원의 기억은 이 하나의 문장으로 요약된다. 때때로 폭력을 휘두르는 아버지는 급기야 아내와 자녀를 내팽개치고 '딴살림'을 차렸다. 아버지의 마음을 되돌리려는 작은 아버지들의 설득은 실패했고, "큰 형수인 내 어머니"에게는 "전답 중 몇 마지기"가 주어졌다. 아버지는 마을 초입에 "녹색 대문"이 있는 "아버지의 집"에서 "아들을 얻고 또 아들을 얻고/이복동생이 자꾸 늘어"나는 삶을 살았다. "새로 지은 그의 집"(「말복-아버지2」)에서 살면서 아버지는 "비정한 손", "셈이 정확한 냉혹한 손"(「아버지의 손」)이 되었고, 죽을 때까지 화자의 곁으로 돌아오지 않았다. 흉년이 마을을 휩쓸고 지나가도 아버지는 종갓집의 '쌀독'이 빈 상태를 모른 척 방치했고, 농사에 대해 아는 바가 없는 어머니는 "종자 씨 살 돈을 구하러/남의 집 대문을 두드"려야 했다. 이러한 가족사의 장면들은 화자에게 '죽음'과 '분노'의 감정을 남겼다.

일순간에 생활의 물적 토대를 상실한 어머니는 가족의 생계를 해결하기 위해 최선을 다해 노동했지만 농사에는 끝내 실패했고, 어느 날 "할머니와 용영 오빠와/동생 임, 자, 희, 섭을 나에게 부탁"하고 "서울행 완행열차"에 올랐다. 시골집에 남겨진 나는 "어머니 공부 안 해도 좋아요" 편지를 보냈지만 좀처럼 답장이 오지 않았다. "철없는 딸의 변심에/단단히 마음이 상하셨을까/서른 밤이 지나도록, 어머니는 답장을 안 보내신다."(「오지 않는 편지」) 또 어느 날엔가는 "생일날 한밤중에 불길"이 일어서 "어머니

의 손때 묻은 세간살이와/옷가지"(「불」) 등이 불타는 사건
이 발생했다. 불길을 피해 "집을 뛰쳐나간 식구들은/불의
기운을 몸에 새기고/ 각자의 길에서 힘껏 타오르고 있"느
라 여전히 모여서 살지 못한다. 시인에게는 "좀체 잊혀지
지 않는 동창이 둘"(「동창생」) 있는데, "장애 2급 오빠와 쪽
진 머리에 하늘색 한복을 자주 입은 할머니"가 그들이다.

요양원살이를 하던 오빠가
마침내 죽었다

강원도 주문진에 사는 맏누이와
경기도 동탄 수원 발안, 전라도 광주에 사는
남동생 넷과 여동생 넷
심지어 시애틀에 사는 동생까지
한밤중에 장례비 갹출을 했다

다섯은 본명으로 다른 다섯은
이미 개명한 낯선 이름으로
'작은어머니' 통장에 숫자로 찍혔다
살아서 애물단지의 죽음이
뿔뿔이 흩어져 살던 핏줄들을
자석처럼 끌어당기고 있다

장례비는 오빠의 응급실 병원비부터

그리고 화장터 사용료와
꽃값 설렁탕 값 운구차 운임
운전기사 팁 식대까지
지불하고 지폐 몇 장 남았다

- 「즐거운 장례」 전문

불행한 가족사의 끝에는 언제나 '죽음'이 기다리고 있다. 그래서일까? 박소원의 시 곳곳에는 '죽음'의 그림자가 드리워져 있다. 박소원의 시에서 그 '죽음'은 "흩어져 살던 핏줄들"을 끌어당긴다. 일찍부터 각지로 흩어져 살던 형제들이 오빠의 죽음을 계기로 한 자리에 모이게 되기 때문이다. 하지만 '죽음'이 모든 핏줄을 끌어당기는 것은 아니어서 아버지의 죽음 앞에서 시인의 마음은 움직이지 않는다. 아내와 자식을 버리고 떠난 아버지는 "17년을/혈액투석에 의지"(「클리아스 강에서 부르는 노래」)하며 살았고, "당뇨병 후유증으로 결국 엄지발가락을 절단"(「편지-아버지1」)했다는 소식을 알려오고, "둘째야, 애비 장례식에는 꼭 와라."(「말복-아버지2」)라는 말을 남기기도 했다. 아버지, 그는 한때나마 "나의 그리움"(「말복-아버지2」)이었다. 하지만 "나를 지극정성으로 사랑해주신 분들"(「기울어지는 뼈」)의 명단에는 어머니, 시아버지, 시어머니, 할머니가 있을 뿐 '아버지'는 없다. 한편 박소원의 시에서 '죽음'은 '탄생'과 대칭적인 사건으로 나타나는데 삶과 죽음의 이러한 유전(流轉)은 "자식을 셋이나/땅에 묻고/나를 낳"(「붉은 새벽」)은 어머니의 운명에서도 동일한 유전(流轉)으로 반복된다. 이처럼 박소원의 시에서 불행한 가족사는 소중한 존재들을 상실하는 과정, 즉 죽음의 연속성을 구체화된다. 그리고 이 죽음의 끝에서 '어머니'에 대한 그리움이 등장한다.

　　　　많이 그리우면 고향 쪽으로 얼굴을 돌리고 잔다

　　　　더 많이 그리워지면 그 꿈속에서도 얼굴을 돌리지 않는다

　　　　애벌레처럼 돌돌 몸을 말고 움직이지 않는다
　　　　　　　　　　　　　　　　　　　－「꿈꾸는 자세」 전문

　'그리움'은 박소원 시의 주조(主潮) 가운데 하나이다. 그녀의 시에서 그리움의 대상은 '어머니'와 '고향'이다. 그녀에게 '고향'은 곧 어머니의 세계이다. 하지만 "가지들 모든 방향을/한 곳으로 두고 서 있다/죽은 고향/죽은 꿈을 향해"(「고사목 5」)라는 진술처럼 현실에서 '남쪽'은 "죽은 고향/죽은 꿈"의 세계일 따름이다. 그곳에는 그리움의 대상인 '어머니'는 물론, "나를 지극정성으로 사랑해주신 분들"(「기울어지는 뼈」)도 존재하지 않는다. 그리하여 박소원의 시에서 '그리움'은 현존하는 세계가 아닌 기억 속의 세계, 상상적 동일시의 대상에 대한 감정이다. 도달할 수 없

는 세계에 대한 그리움은 현실을 결핍의 공간으로 경험하게 만들거니와 "그리움 한 조각"(「최후기도」)을 끝내 버리지 못하고 살아가게 한다. 가령 「인사동 길 위에서의 하룻밤」을 보자. "길만 남은 거리에서 너는 나와 단둘이 온 밤을 걸었다"(「인사동 길 위에서의 하룻밤」)이라는 진술에서 확인되듯이 이 시에는 '너'라는 가상의 존재가 등장한다. 밤늦은 시간, 시인은 "오래된 도시의 이방인" 자격으로 '너'와 함께 거리를 걷고 있다. '너'는 누구일까? 화자는 '너'를 "그림자 하나 없이 걷는" 존재라고 소개한다. '너'는 지금 "종로 거리에서 유실된 고향을 더듬거리"고 있다. '나'와 함께 밤거리를 걷고 있고, 동시에 "유실된 고향"을 더듬는 '너'는 누구일까? 화자는 '너'의 정체에 대해 말을 아끼고 있지만 여기에서 '너'는 '나'의 분신, 즉 또 하나의 자아임을 짐작하기는 어렵지 않다. 알다시피 인간의 자아는 단일하지 않다. '나' 안에는 '나'가 제어하지 못하는 또 다른 것들, 즉 '나들'이 존재한다. 그래서 인간은 혼자 있을 때조차 단일한 자아로 존재한다고 말할 수 없다. 박소원의 화자들처럼 기억 속의 세계에 대한 갈망을 간직하고 살아가는 존재들에게는 특히 그렇다. 이 시에서 '나'가 현실적 자아라면 '너'는 상상의 세계를 향해 리비도를 투사하는 '나'의 분신이라고 말할 수 있다. 또한 '나'가 현실 세계에서 '이방인'의 감정을 느끼는 소외된 존재라면, '너'는 그 현실과의 심리적 불화에서 벗어나 상실된 대상에 도달하려는 자아의 이상적 상태라고 말할 수 있다. 이러한 감

정으로 인해 시인은 "7월의 북경공항 터미널"처럼 낯선
공간에서도 "죽은 어머니의 창백한 얼굴"(「북경공항 터미
널에서」)과 마주하게 된다. 소중한 무언가를 잃어버린 사
람들은 현실세계의 질서가 느슨한 순간마다 자신이 리비
도를 투사하고 있는 세계와 마주하는 경험을 한다.

글렀어 다시 잎이 자라기에는
습관성 절망들 나이테 속으로 골똘히 스며든다
가지마다 귀 버섯이 피고 이끼가 푸르다
글렀어 다시 잎이 자라기에는…….

무른 목질에 절망들 평화적으로 새겨질 때
바람도 멀리서 온도를 낮추며 온다
겨울을 향해 고독하게 서 있으면
병 없이도 순간 죽을 것 같다

신도시 아파트단지 잘 가꾸어진 화단에서
죽어가는 병은 나에게로만 스며든다
여러 종의 여러 그루의 나무 중에서
병이 나에게로만 스며드는 데는 이유가 있다

바람 앞에서 부러지고 건조되는
그 속에 든 평화에 나는 이미 길들여졌다
달콤한 병증에 중독된 나는

순순히 병을 받아들이는 자세를 고수한다

오래 묵은 병의 의지로 나는 선 채로 죽어간다
누구에게도 양도할 수 없는 이 의지는
가지 끝에서
죽음의 끝에서

다시 생으로 회류하는가
봄을 향해 서 있으면 허공들 몸살을 앓는다
먼 곳의 끝으로부터 물기가 돌기 시작한다

― 「고사목 1」 전문

"신도시 아파트단지 잘 가꾸어진 화단"이라는 공간이
말해주듯이 이 시는 아파트 화단에서 말라 죽은 '고사목'
을 목격한 것에서 시작된다. '고사목' 연작은 박소원의 시
가운데 '어머니', '가족', '고향'이라는 문제의식에서 조금
떨어진, 그리하여 현재적 삶의 감각을 잘 보여주는 작품
들이다. 그런데 아파트 화단에서 우연히 발견한 고사목에
대한 이야기처럼 보이는 이 시를 읽다보면 그것이 '고사
목'이 아니라 "죽어가는 병은 나에게로만 스며든다"라고
생각하는 화자, 즉 '나'에 관한 진술임을 발견하게 된다.
그러니까 이 시에서 '고사목'은 시인의 내면을 단적으로
보여주는 객관적 상관물인 것이다. 따라서 "습관성 절망
들"은 나무의 운명보다는 "바람 앞에서 부러지고 건조되

는/그 속에 든 평화"에 길들여져 "달콤한 병증에 중독"된 시인의 일상에 대한 성찰로 읽어야 마땅하다. 물론 이 '절망'의 원인을 가족사에서 찾는 것은 옳지 않다. 그것은 무감각한 상태로 하루하루 나이를 먹어가는 일상에 대한 실존적 고민, 요컨대 "새처럼 날고 싶다는 오래된 기도"(「고사목 2」)를 망각하고 '고사목'처럼 죽음 이후의 삶을 살고 있는 시인 자신의 삶에 대한 문제제기로 읽어야 할 것이다. 이러한 성찰의 주체는 "적막에 휩싸인 대한의 신도시에서/가족들 평화롭게 잠이 든 집안을 어슬렁거리며/둔중한 시계추처럼 어둠속을 반동하며/아, 아 나는 쓸데없는 질문을 과연 누구에게 던지는 것일까"(「죽음 시대」)라고 말하는 '나'와 동일한 인물이다.

시인은 인용시의 결말부에 "먼 곳의 끝으로부터 물기가 돌기 시작한다"처럼 '봄'과 '생'이라는 희망의 기호들을 배치함으로써 자신의 일상이 "다시 생으로 회류"하기를 갈망하는 태도를 취하고 있다. 마찬가지로 "어둠이 지나간 허공 길에 별이 뜬다/어둠이 지나간 길목에 언 땅이 풀린다//유난히 별이 밝게 뜰 무렵/땅 풀리는 소리 아득해질 무렵/그 곳에서는/열꽃이 피고 새로운 종족이 태어날까요"(「최후기도」)라는 진술에 등장하는 '별'과 '땅' 또한 신생(新生)의 이미지라는 점에서 동일한 의미로 해석할 수 있다. 구체적인 창작의 맥락을 알 수는 없지만 이번 시집에 포함된 몇몇 시편들에서 시인은 실존의 '죽음' 상태를 극복하고 새로운 삶을 모색하려는 의지를 강하게 드러내고 있다. "인공눈물을 넣어야 하는/나이가 되어서야/나는 젖은 손끝으로/용서라는 단어를 쓴다"(「눈물로 오는 사랑」)라는 진술에 등장하는 '용서'라는 시어가 의미심장하게 다가오는 이유도 여기에 있다. 인간이 '기억'하는 동물임은 부정할 수 없다. 어떤 기억들은 너무 고통스러워 의지와 상관없이 기억되기도 한다. 박소원의 시에서 '가족'에 관한 장면들이 대표적이다. 하지만 이 불행한 '기억'을 지니고 살아가는 한 인간은 온전한 삶은 물론이고 신생(新生)을 꿈꿀 수 없다. 이 경우 인간은 과거의 시간을 '망각'함으로써만 새로운 삶을 시작할 수 있다.

여기는 두 개의 시계가 있다
너는 북쪽의 시계를 나는 남쪽의 시계를 본다
흐린 강물을 따라 철새를 따라
시간은 습지의 향을 맡으며 북쪽으로 흘러간다
우리는 눈을 감고 휘파람을 불었다

새들의 합창소리를 따라
너의 시계는
늘 나의 시계를 앞서 간다
조율을 맞춘 피아노 검은 건반처럼
새들은 붉은 허공에 박혀 울고

낮은 언덕을 오르면

강물은 무덤이 된다
노을들 솔솔 같은 음을 반복하며
허공을 무너뜨린다
점점 붉어지는 강물들

마당이 없는 곳에서 새들은 또 태어나고
우리의 슬픔에는 계절이 없다
우리의 이별에는 아무런 이유가 없다
북쪽은 북쪽의 시계를 보고
남쪽은 남쪽의 시계를 보고 앞으로 나아간다

무덤이 없는 곳에서
새들은 죽음을 맞이하고
먼 곳에서 나는
먼 곳에 있는 너를 생각하고 있었다
                     –「아무르 강가에서」 전문

   러시아의 극동지역에 위치한 하바로프스크 역에는 서로 다른 시간을 표시하는 두 개의 시계가 걸려 있다. 역사(驛舍) 바깥, 즉 광장의 시계는 현지 시간을 나타내지만, 매표소에 걸려 있는 시계는 모스크바의 시간을 나타낸다. 모스크바의 시간이 러시아 전체에 적용되는, 따라서 시베리아 횡단열차의 운행시간을 표시하는 표준시간이기 때문이다. 시인은 몽골에서 발원하여 오츠크해로 흘러드는

아무르 강이 지나가는 이곳 하바로프스크에서 다른 시간
을 표시하고 시계들을 발견하고 그것을 '나'와 '너', '남쪽'
과 '북쪽'을 가리키는 시간의 불일치 문제로 전유한다. 앞
에서 지적했듯이 이 시에서의 '너'가 또 다른 '나', 즉 시인
의 또 다른 자아나 분신이라면, 두 개의 시계는 각각 '현
재'와 '과거', 또는 '망각'과 '기억'의 상징이라고 말할 수
있다. 요컨대 '나'의 내부에는 과거-시간을 '기억'하려는
힘과 '망각'하려는 힘이 긴장관계를 형성하고 있는 것이
다. 물론 이 자아들의 복합체로서의 '나', 즉 현재를 살아
가는 인간이 '기억'이나 '망각' 가운데 어느 하나를 전적
으로 긍정하는 경우는 생기지 않는다. '기억' 없는 인간
이 존재하지 않듯이, '망각' 없는 인간 또한 상상하기 어렵
다. 하지만 '기억'과 '망각' 가운데 어느 한쪽에 상대적으
로 가까운 인간을 상상할 수 있으니 "너의 시계는/늘 나의
시계를 앞서 간다"라는 진술처럼 우리는 항상 '시간'의 불
협화음을 경험하면서 살아가고 있는지도 모른다. 시인이
왜, 어떤 이유로 여러 나라를 여행하고 있는지는 알 수 없
다. 다만 "고향에서 아주 먼 그곳"(「예니세이 강가에 서 있었
네」)이라는 표현처럼 여행지마저 '고향'을 기점으로 표현
하는 장면은 징후적이다. 혹시 '고향'에서 벗어나기 위해,
즉 '망각'에의 의지가 시인을 이 낯선 세계로 데려온 것일
까? 그렇다면 '이방인'이 되어 떠돌고 있는 이곳에서 시인
은 '고향'을 망각하는 데 성공한 것 같지 않다. "잊겠다는
결심은 또 거짓 맹세가 되었다"(「알혼 섬에서 쓴 엽서」)처럼

그는 '망각'에 실패했음을 자인하고 있다. 그리움의 대상인 '어머니'를 향해 "다시는 저를 찾아오지 마세요"(「북경공항 터미널에서」)라고 혼잣말을 하지만 "내 이름을 묻는데 왜 옛 이름이 떠오를까"(「시베리아 벌판을 달리며」)처럼 '기억'은 그녀의 의지를 무시하고 시시때때로 현재에 난입(亂入)한다. 그 순간, 시인은 자신이 "과거에 너무 열정적"(「시베리아 벌판에 비가 내린다」)임을 인정하지 않을 수 없다.

박소원의 시에 반복적으로 등장하는 '끊어진 길'의 이미지는 이러한 시인의 내면 상태와 무관하지 않은 듯하다. "땡볕 아래서 길을 잃었다"(「프라하의 낮-너를 보내고」), "뻔히 길이 끊긴 줄 알면서도 도문엘 갑니다/(…중략…)/도문에서 정말 길이 뚝 끊겼습니다."(「모르는 거리에서」), "나의 길들은 왜 무정하게 끊기고 끊겨야하는지"(「예니세이 강가에 서 있었네」)처럼 시인의 여행시편들에는 길이 끊어졌다는 인식이 반복적으로 등장한다. 여행, 즉 '길'은 이동의 기호이다. 그것은 지금-이곳이 아닌 세계로 연결되는 통로이고, 지나온 곳('과거')이 아닌 미지의 세계('미래')를 향해 개방된 가능성 그 자체이다. 때문에 길이 끊어졌다는 것, 혹은 존재하지 않는다는 것은 삶에 있어서 방향성을 상실했다는 의미, 실존의 시계(視界)가 여전히 불투명하다는 것을 뜻한다고 이해할 수 있다. 박소원의 이번 시집은 '가족'과 '기억'의 세계에서 한 걸음 벗어나 새로운 삶에 대한 의지를 보여주고 있지만, 동시에 그 삶의 구체적 방향성은 아직 결정되지 않았음을 드러내고 있다.

박소원

2004년 『문학선』 신인상에 「매미」 외 4편 당선. 서울예술대, 단국대 대학원 문예창작과(석, 박사) 졸업. 시집 『슬픔만큼 따뜻한 기억이 있을까』, 『취호공원에서 쓴 엽서』, 한중시집 『修飾谷聲 : 울음을 손질하다』 등.

곰곰나루시인선 013
즐거운 장례

초판 1쇄 인쇄 2021년 12월 10일
초판 1쇄 발행 2021년 12월 15일

지은이 박소원　　**펴낸이** 임현경
책임편집 홍민석　　**편집디자인** 육선민

펴낸곳 곰곰나루
출판등록 제2019-000052호 (2019년 9월 24일)
주소 서울특별시 양천구 목동서로 221 굿모닝탑 201동 605호 (목동)
전화 02-2649-0609
팩스 02-798-1131
전자우편 merdian6304@naver.com

ISBN 979-11-977020-0-6

책값 9,600원

• 이 도서는 한국출판문화산업진흥원의 '2021년 출판콘텐츠 창작 지원사업'의 일환으로 국민체육진흥기금을 지원받아 제작되었습니다.